伯父寄语

前程锦绣

二〇二三年春日书

作者近照

點燃

DIANRAN

媒集
融诗

王新荣 著

中国言实出版社

图书在版编目（CIP）数据

点燃 / 王新荣著 . -- 北京 : 中国言实出版社，
2022.11

ISBN 978-7-5171-4150-1

Ⅰ . ①点… Ⅱ . ①王… Ⅲ . ①诗词－作品集－中国－
当代 Ⅳ . ①I227

中国版本图书馆 CIP 数据核字（2022）第 221788 号

点燃

责任编辑：曹庆臻
责任校对：王建玲
封面题签：张铜彦

出版发行：中国言实出版社

地　　址：北京市朝阳区北苑路180号加利大厦5号楼105室
邮　　编：100101
编辑部：北京市海淀区花园路6号院B座6层
邮　　编：100088
电　　话：010-64924853（总编室）　010-64924716（发行部）
网　　址：www.zgyscbs.cn　电子邮箱：zgyscbs@263.net

经　　销：新华书店
印　　刷：北京中科印刷有限公司
版　　次：2023年3月第1版　2023年3月第1次印刷
规　　格：880毫米×1230毫米　1/32　8.5印张　插页2
字　　数：200千字

定　　价：58.00元
书　　号：ISBN 978-7-5171-4150-1

序一　祝贺新荣出新书

王兆民

　　新荣告诉我，她要出书了，章节名字用的是我们王氏家族四个男性兄弟的名讳国、泰、民、安，听后，我非常高兴。这既是一本诗集，也是我们家族家风的缩影，更是一份家族沉甸甸的责任。

　　新荣是我的大女儿，她小时候的性格像男孩子，正直、率真、善良、好强。18 岁参军，靠自己的努力考上了军校，在部队工作 12 年，转业到金融系统工作至今。多年来，在她身上我始终能看到一种积极向上、努力奋进的状态，并不时有惊喜带给我们。

　　她的工作和生活我了解一些，也知道她喜欢文学，偶有诗作。2017 年，她开始文学创作，我知道她已在中央、省部级文学报刊发表了许多作品，偶尔能看到。2022 年 10 月 10 日，她给我看厚厚的书稿，我既震惊又高兴。真没想到，我女儿的文学成果竟如此丰硕，这出乎我的意料。这几年，工作上她也很出色，多部门多岗位锻炼，工作也有新的突破。去年，她的工作成果还获得两位部级领导批示并上报中央，供有关领导参阅。

作为父亲，我为我的女儿感到骄傲。我也十分欣慰，这是我们家族在文学上的新发展和新突破。她的书稿文字中流淌着军人的气质、豪放中有家国情怀的力量、婉约中有家族家风的芬芳，是当今社会青年和我们家族晚辈学习的榜样。希望她能继续保持这份向上的气质和优秀的品格，在文学的道路上坚定地走下去，且越走越好，为社会、人民创作出更多的作品。

祝她工作顺利，家庭幸福，创作进步！

2022 年 10 月 16 日

序二　花开两重山

阁雪君

枫染九州彤彤，盛世欣欣向荣。在喜庆党的二十大胜利召开的日子，我收到了王新荣厚厚的书稿《点燃》。翻开书稿，看到了"国泰民安"下的"春夏秋冬"美景，我一下子就明白了，她为什么要在今天这个特殊的日子把书稿送给我。她就是想在这喜庆的日子，为党和祖国送上一份自己独有的贺礼，向金融文学事业贡献自己的一份力量，给自己30年职业生涯交上一份答卷。

我与新荣相识多年。我们同年加入金融工会这个"娘家人"的大家庭，2018年她被选举为金融作协副主席，2021年又荣任中国文联全国委员会委员。因工作关系我们相处的时间较多，又有共同的创作爱好，相互交流就多些，可以说，我见证了她的文学成长之路。

新荣的文学创作有个特点，那就是起步晚、进步快。她早年在部队服役，医学毕业后又改学财务管理。转业到金融系统后，从事办公室、组织人事、宣传等工作。也就是说，她从事的工作都跟文学创作不沾边，平时最接近文字工作的也就是起草一些公文材料。自从她加入金融作协后，她才逐步有了一些创作的愿望和触动，不时写出一些令人耳目一新的作品，有诗词，也有散文，这就令我们刮目相看。我有时候也琢磨，新荣没有学过文学专业的基础，也没有从事文学创作的机遇，现在能够创作出这么好的作品，还是归根于她对生活的感悟、对文学创作的热爱，其中也不乏她的天资聪颖。我觉得，新荣的创作高峰期，应该是2017年和2018年，在这两年，她和爱人因工作两地分居，她的大量诗歌是在那时候完成的。她也让我们明白了，以前人们常说愤怒出诗人，原来思念更能造就诗人。所以，我和同事们都戏称她"王清照"。

法国文学社会学家吕西安·戈德曼说过，"当生活中出现断裂而这种断裂是不可弥合时，一个人就会倾向于写诗。断裂创造了诗人的敏感，并用歌唱把不可弥合的断裂表达出来"。新荣就是因生活的改变而发生了人生的蜕变，在不惑之年后越来越显现文学的气质和生活的魄力。

功崇惟志，业广惟勤。不经一番寒彻骨，怎得梅花扑鼻香。新荣和其他作家不同，虽没有深厚的文学理论功底，也不是所谓的文学天才，但她谦虚好学、勤奋努力、孜孜以求、笔耕不辍。

为了弥补文学创作专业素养，她坚持读书学习，经常用墙上贴便签条的方法，来激励自己多读书，读完一本书就贴上一个不同颜色的便签条，用白墙空间和便签条数量对比，以此督促自己不断努力向前。她喜欢梅花，常常以梅花的品格对照和要求自己。工作中，她从不怕苦怕累，如梅花的气质独立而坚强；学习中，她拥有一种勃发向上的力量，似梅花的品格纯洁而高雅；生活中，她越是困难越向前，更像梅花的精神不惧风霜。为了完成一篇主持稿件她可以忘记吃饭，反复修改几十次；为了学习古体诗，她可以一坐半天，在诗词的海洋中尽情徜徉。就是这种执着向上和勤奋努力，在短短的几年时间里，她从一个文学的仰望者成为建设者，从学习到创作，再到今天的大作即将付梓，真是"千淘万漉虽辛苦，吹尽狂沙始到金"。

诗歌是一种意象情感的表达，摄影是一门意象和具象的艺术。当情感遇上艺术是怎样的一种情怀？《点燃》就是诗歌和艺术的碰撞，艺术需要深情，深情产生艺术，这本身就是一种情怀的体现。《点燃》是第一首诗名也是书名，作者借诗名为书名，是她的用心之选。她想借诗意来表达自己的情思，点燃起当代青年的理想和激情，感染和号召读者，引起他们的共鸣共情。书中的章节作者更是别具用心，她用了自己父辈的名讳作为前四章的题目，用四季作为后四章题目，是敬仰、是大爱、是真情。作者的父辈四个人的名讳正好是"国泰民安"，作者用这四个字作为章题，能够感受到她对父辈的敬仰和尊重。同时，从名字中也能感受到一个家庭的淳厚家风和对国家的热爱和期许，更是优秀家风的一脉传承。后四章分别用"春夏秋冬"四季命名，反映了作者热爱生活和自然的情怀。世间万物无论四季如何变换，在她的眼中都是美好而多彩的。作者用一种意向的美、含蓄的情和富有哲思的爱，通过自然万物传递爱心，感染读者。此书诗作中辅以作者的摄影作品，彼此间相辅相成、相得益彰，在诗情中寻找画意，在画意中寻找诗情，诗画一律、共生共融，为读者描绘了一幅幅"五彩斑斓"的生动画卷。

她的诗情是红色的。经历是人生最大的财富，而立之年的她从部队转业到地方，从事过财务、纪检、监管、人事、宣传等工作。丰厚的人生经历让她的人生丰盈，也给她的诗歌提供了更多素材，她的诗歌或豪放，或婉约，或激情，或忧伤，诗情自然流畅、气势如虹。在军队大熔炉锤炼12年的她，骨子里军人的气质和爱国情怀，在诗句中扑面而来，如第一首《点燃》，诗云：

> 我想／点燃智慧的你／点燃奋斗的你／点燃自信的你／我还想／点燃平淡的你／点燃无为的你／点燃盲从的你……

这首诗是作者在一次偶然的事件中领悟完成的，她想用点燃呼唤青年拒绝沉沦和躺平，期待他们用火热的激情投身新时代、奋进新征程。又如《我深深爱恋的祖国》，诗云：

　　我深深爱恋的祖国 / 你的品格挺拔起泰山的巍峨 /
你的海疆誉满无限的寄托 / 火热的太阳诉说着你的波澜
壮阔 / 满天的繁星闪烁着社会的祥和 / 博大的胸怀撑起
你的豪迈气魄……

　　又如她在慰问时代楷模张富清后，激情创作的《满江红·时
代楷模张富清颂》这首词，既是真情的流露又是对革命英雄的敬
佩和崇敬。还有《点醒》《点亮》等，这些诗充分体现了作者对
祖国和人民的热爱和赞美，她时刻在用手中的笔书写人间的大爱
和她心中的美好。

　　她的诗情是绿色的。作为曾经的军人，那绿色的情怀已融入
血液中，奔腾在诗词中。如《八月的情怀》《军人》《您好 八一》
《你是否记得》《力量》《军校六队之歌》等，都是作者写军队、
军人的，她诗句中豪放的情怀就是诗人跨越时空的对白和内心的
情寄。从她的身上能感受到她对军人、军队的特殊之情，对绿色
的情有独钟，那是融化在她血液里的颜色，也是她干事创业的自
信和文学笔下的力量。在春、夏章节，作者古体诗歌较多，多以
节气和气候为主题来抒发自己对春、夏的喜爱，如《七绝·春
分》《七律·谷雨》《七绝·雨水》等。在春的章节中《七绝·兰
花颂》和夏的章节中《七绝·咏楸》，这两首诗被《中华辞赋》
刊发。《中华辞赋》是中国作家协会主管、中国作家出版集团主

办的月刊，是国内唯一公开出版发行的辞赋。能在这个期刊上发表诗词，说明了她的诗词创作水平进步非凡。

她的诗情是紫色的。紫色具有神秘、浪漫、大气之意。在她的诗歌中浪漫气息非常浓厚，有"盈盈一水间，脉脉不得语"的浪漫，如她写给爱人的《跨越印度洋送一缕清凉给你》《七律·佳节思亲》《七律·香炉情》等；有"花褪残红青杏小，燕子飞时，绿水人家绕"的美景，如《七律·春日晚霞》《春季的美好》《七律·恋春惜夏》等；有"万里浮云卷碧山，青天中道流孤月"的神秘，如《一棵大树》《太阳雨》《雾》《逆光》等；有"白日放歌须纵酒，青春作伴好还乡"的浪漫，如《七律·快乐七夕》《绿叶对根的情意》《七律·与友小聚有怀》等；有雾里看花的神秘，如《南城花已开》《幸福都是奋斗出来的》《爱在湘江沸腾》等；有志当存高远的大气，如《同唱一首歌》《抚摸爱心的人》《贴心的"娘家人"》等。这些诗词都是作者在工作生活中用自己独特的视角，定格瞬间，在心中发酵而成的唯美和浪漫，再流入笔端，用真情描绘。

她的诗情是金色的。从书中能看出作者对金色的偏爱。是啊！作者是金牛座人，踏实稳重，又是金融工作者，服务千万金融职工。金色又代表高贵、光荣、华贵和辉煌，更代表梦想，这既是她的气质又是她的追求，她怎能不偏爱这金色呢？金色在作者的笔端就是秋色，她用大量的笔触写秋，几乎把整个秋天一网打尽，有现代诗《秋色》《秋恋》《秋约》《秋风》《秋雨》《秋韵》《秋

殇》《秋思》《秋华》等，有古体诗《七绝·和〈秋韵〉》《七律·玉
泉秋色》《七绝·秋思》《七绝·秋菊》《七绝·秋蝶》等，这些
诗从多个角度对秋进行感悟抒怀，如《秋情》诗句中，她把从开
花到结果，再到饱满成熟，寓意人到中年一路经风沐雨，力量增
强，涵养风骨，如今彰显的是淡定和从容。如《秋殇》中，她
写道：

　　　不要为别离忧伤了 / 收拾好行装吧 / 带着春的美好　夏
　的炽热 / 把自己奉送给时光 / 记住　别离是归期的开启……

《秋韵》中，她最后写道：

　　　努力奔跑 / 一路向前 / 沿着风的方向

《秋华》中有：

　　　这一季的繁华 / 终将成蜜 / 走入心房

《七律·玉泉秋色》中既有人生的哲思、景物的描写，又有
对美好生活的憧憬和赞美。这些有情有理的诗句，不仅启迪智
慧，更丰富思想、陶冶情操，自然融入心灵。这是诗人创作的初
衷，更是作者情怀的体现。

　　她的诗情是白色的。作者在最后一章用代表纯洁、吉祥、祝福之意的冬日暖阳篇章结尾，是寓意深远的。在这个章节，作者紧紧围绕国家大事和季节变化，抒发自己的内心情感，如现代诗《圣洁之歌》，是对北京 2022 年冬奥会的祝福和感动；《春雪寄怀》《等你》《初雪》表达人们对冬雪的期待和到来时的那种爱恨情暖；古体诗《七绝·雪花》《七律·阡陌峥嵘》都是将雪拟人化，描写它的到来让大地、树木、城市别有一番美丽的景色。诗人是多情的，往往寄情于山水或景物，可见内心，可见禅意，可纵豪情。她想寄情于这个十月风光正好、冬景似春华的美好季节，用繁华和圣洁拂去往日的阴霾，用饱满的热情和纯净的心情，迎接党的二十大胜利召开，祝福伟大的祖国欣欣向荣、繁荣富强，用吉祥如意祝福所有的读者朋友们，心中始终拥有一片欣欣向荣的艳阳天。

　　读完新荣的书稿，听完书的音频，我不禁惊叹她平时的努力和辛勤的耕耘，更惊讶于她的摄影艺术水平、朗诵水平也非同一般，她如诗如画如歌的生活，正是当今社会需要的一种宁静、一种豁达、一种温暖、一种向上的生活态度。说实在话，新荣的工作和家庭条件都非常好，她也完全可以过上一种舒适自在的生活，但她还是选择了一种积极向上、刻苦创作的生活状态。目前，她已在中央、省部级文学报刊发表了许多作品，已是一位在全国金融系统及社会各界享有声誉的知名诗人，但她还是谦虚好学，不断历练心智，执着追求诗意人生，读一诗、赏一画，在平凡中感悟伟大，在朴素中感受真诚，在简单中感知哲理，这是作者的生活态度和处世哲学，更是她带给我们的一份向上的力量。

人生如诗，珍藏真谛；人生如画，美好于心；人生如歌，轻松快乐。祝福她在诗与画、工作与生活、职业与事业等两重山中继续向顶峰攀登，越来越高，越来越好。

是为序。

2022 年 10 月 16 日

阎雪君 山西大同人。中国作家协会全国委员会委员，中国金融文联副主席，中国金融作协主席，兼任共青团中央青年志愿者协会宣传工作委员会副主任。在中央、省部级报刊发表作品 400 多万字，其中发表长篇小说《原上草》《天是爹来地是娘》等 6 部；主编《中国金融文学》杂志，主编《中国金融文学奖获奖作品集》《当代金融文学精选丛书》等，作品多次获得"中国金融文学奖"等大奖。新华社、人民日报等报刊评论其作品：具有浓郁的乡土气息和鲜明的金融特色。

目　录

一　国之祯祥

二 泰山以倚

三 民惟邦本

四 安生乐业

六　夏雨雨人

七 秋风气和

八　冬日暖阳

一 / 国之桢祥

國泰民安
兆泰吉吾

点 燃

我想
点燃工作的你
点燃生活的你
点燃学习的你

我想
点燃沉沦的你
点燃郁闷的你
点燃躺平的你

我想
点燃智慧的你
点燃奋斗的你
点燃自信的你

我还想
点燃平淡的你
点燃无为的你

点燃盲从的你

为了明天
为了家国
为了你我
一起奋勇向前

为了新时代的呼唤
我们携手
点燃　点燃
再点燃

点醒

雨季　看不见雨滴的影子
干渴的土地想张开双臂飞到时间之上
翻开书　轻抚一生的麦地
只剩下生命的气息
躺在寂静的沙漠里
仰望着北斗星的身体
思绪满天游离

一辆悠闲的马车上
载着贫瘠的土地
站成一排树的叶子伸着手
祈祷雨滴

一声霹雳
下起了倾盆大雨
躲在被窝里的小草立刻挺起了胸膛
哭着喊着
要与太阳一起
奔跑

点亮

点亮一盏灯

引领前行的方向

点亮一个人

释放火热的激情

点亮一座城

绽放生命的光芒

点亮一个时代

造就美好的未来

点亮你 点亮我

我们一起点亮

集聚你我智慧

撷取万众力量

纳自然之精华

登上新时代的列车

开足马力

扬鞭奋蹄

诗·朗·诵

八月的情怀

八月的情怀

是南昌起义的那声枪响

是南湖船上燃起的那道光芒

是镰刀锤头熠熠曙光

是共产党走过一百零一岁的辉煌

是四十年改革成果的绽放

是号角吹响的民族希望

传承思想

八月的情怀

是军港上汽笛的鸣响

是雄鹰展翅的威武雄壮

是朱日和阅兵场上的英姿飒爽

是桅杆上猎猎红旗的高高飘扬

是辽宁舰满舵向前的方向

澎湃激荡

八月的情怀

诗·朗·诵

是浩荡奔腾的黄河长江

是横贯东西的万里城墙

是丰盈厚重的北大仓

是挺拔高耸的巍巍太行

是民族气魄的远洋护航

华夏脊梁

八月的情怀

是守护好祖国的九百六十万平方

是铭记在心底的绿军装

是举起右手向党宣誓的气宇轩昂

是不忘初心 牢记使命的担当

是保家卫国不畏牺牲的衷肠

初心不忘

八月的情怀

是远方灯塔的亮光

是执守信仰信诺铿锵

是行路中厚重的锦囊

是欣欣向荣的蓬勃景象

是新征程新梦想的精神领航

鹏路翱翔

八月的情怀

是玫瑰留下的芳香

是洒满雨露的朝阳

是湖水的碧波荡漾

是淡然和从容的过往

是浓墨重彩的华章

绚丽奔放

八月的情怀

是脱贫攻坚的臂膀

是步履豪迈不惧沧桑

是亿万儿女的福泰安康

是五十六个民族的团结互帮

是新时代的歌唱

逐梦起航

新时代的号角已经吹响

新征程开启新的篇章

让我们迎着新时代的风尚

一起携手奔赴新的疆场

为中国梦

贡献力量

我深深爱恋的祖国

我深深爱恋的祖国

你是神州的巨龙

舞动东方的雄勃

你是涅槃的凤凰

叱咤时代的浪波

你是挺拔的高山

壮阔脚下的山河

你是浩瀚的大海

普降雨露的恩泽

我深深爱恋的祖国

你的身躯跃动着五千年的脉搏

你的血液奔腾着长江黄河

你的皮肤彰显着英雄的本色

你的眼神流露着谦逊温和

我深深爱恋的祖国

你的品格挺拔起泰山的巍峨

你的海疆誉满无限的寄托
火热的太阳诉说着你的波澜壮阔
满天的繁星闪烁着社会的祥和
博大的胸怀撑起你的豪迈气魄

我深深爱恋的祖国
万里长城在群山穿梭
黄河长江如天山来客
青藏高原似空中云朵
珠穆朗玛留下登攀之歌

我深深爱恋的祖国
经过七十三年的艰辛跋涉
五十六个民族相濡以沫
亿万儿女过上幸福生活
今天的辉煌巨作
是你勤劳智慧的优秀品格

我深深爱恋的祖国
我自豪你的美德
挺拔的脊梁不屈不折
我自豪你的洒脱
无所畏惧勇闯荆棘坎坷
我自豪你的磊落

国家的命运自己掌握

我自豪你的求索

四十多年改革气势磅礴

我深深爱恋的祖国

无论我走到哪里

我都挽住你的臂膊

无论我身居何方

你都温暖着我的心窝

我深深爱恋的祖国

你用胸怀　你用气魄

导航着新征程的航舵

你用速度　你用实力

创造着人间的奇迹

你用情怀　你用广博

引领着世界格局的建设

你用勤劳　你用智慧

唱响着新时代的大风歌

我深深爱恋的祖国

在您七十三华诞的时刻

我们　祝福您的明天

花朵红火

果实丰硕

纪念九一八

特殊的日子
特殊的情
一声长鸣
血泪如雨心如霜

模糊的双眼
看到的是历史的哀婉
十四年抗战
无数同胞惨绝人寰
华夏脊梁遍地血染

九一八
留给我们的是永远的伤疤
卢沟桥上铁蹄声声犹在耳边
松花江畔刀光闪闪杀声震天
那些被岁月锈蚀的子弹
那些英雄纪念碑
南京大屠杀纪念馆

那些幸存者

铁证如山

你们罪恶难逃

我们永远不忘

国耻家难

每年的今天

我们都会

悲鸣响

子孙泣

中华大地隆重奠祭

向世界宣告

我们再不是

从前

走进西藏

接过洁白的哈达
我走进了你的家
广袤的青藏高原
扎西德勒
我们来了

望一眼高耸的珠穆朗玛
瞬间被那挺拔融化
看一眼神圣的布达拉
心灵净化在经卷下
啊 美丽的格桑花
开在雪域的阳光下

闻一缕禅香灯火
顿悟佛心 神思升华
品一口香浓的酥油茶
念念不忘到天涯
啊 美丽的唐卡

你永远陪伴着它

喝一口醇正的青稞酒
像驰骋在草原的骏马
唱一曲深情的藏族民歌
彷徨阴郁烟消云散
啊 五彩的经幡
你是美好的祝愿

尝一口雪域清泉
甘甜醇美沁入心田
跳一支民间的牦牛舞
热情燃尽所有
站在雪山脚下
让心灵放空 让灵魂涤荡

抚摸天湖纳木错
有了你的陪伴我不再寂寞
啊 这片圣美的土地
你不再神秘
轻轻揭开你如云般面纱

游走在你的怀抱
轻松美妙

啊 亲爱的藏族同胞

有你 我不再寂寞

有我 你不再忧伤

我们手足连心

永远是一家

兰考情

一片炽热的土地
思想文化的屋脊
无数伟人和先贤的足迹
在这里追忆

无论走到哪里
都有红色的印记
焦桐 焦陵 焦院 新县
处处彰显着红色的魅力

仰望笔直的焦桐
泪水难抑
兰考人民的精神情系
中国思想的高地

会说话的桐花窃窃私语
讲述着焦裕禄感人的事迹
一片片桐叶

是焦书记淌下的汗滴

抚惜先人的足迹
绵绵细雨与泪洗
感天动地

今天是个好日子
——新一届中央领导集体亮相

从掌声和花香的梦里醒来

心里的喜悦溢出胸怀

收音机里

那激扬的文字

让人民醉了期待

今天是个好日子

温柔的清晨

霜露轻抚大地

每一片叶 每一朵花

都喜悦聚剡

眉梢微笑上翘

路边的树木

喜形于色

身姿唯俏妖娆

感觉与平时

总有些不同

此时　太阳跃出地平线
捧着鲜花带来了红毯
铺开
拥抱
新的恢宏

地铁

宛如一条长龙
又如天边那道虹
让人们的梦想与生活
相遇在现实的轨迹中

胸怀如钟
承载着行色匆匆
只为一个心结
满足各自不同追求者的身影
同行 有共同的方向
到站 各自努力奔跑

土

土 飞起来
令人生厌
落下来
万木葱茏

好坏就在一瞬间
看你怎样呈现

网络的力量

一键横跨东西南北
一线越过高山江河
你我他的连接
没它不行
一旦顽皮
慌乱成一片汪洋
烈焰成殇

七律·感遇机构调整

金乌多日未知行，拂晓探闻步履声。
头顶白云清几许，路边草木绿终迎。
春来冬去何须议，雨霁霞飞尚有呈。
机构职能调整事，宫门不舍眷芳名。

五律·高树冠春风

京韵画楼东，淡云疏月空。
清心鉴明镜，旌旆拂晴虹。
蕴藉寒香秀，煦涵暖意融。
阳光浅滋碧，高树冠春风。

七律·银保监会合并再留吟

强强携手筑高台，兴起同筵共一杯。
将讯分传随昨去，把帷漫卷逐今来。
闻风云雀偎桃坞，赏景梦心依玉梅。
畅想明朝皆美好，香凝翰墨是人才。

七律·上元佳节迎盛会

月下灯花耀九州，喧天喜气满街头。
京城好事如潮涌，佳节祥云与会筹。
各路诸侯同赓和，中华儿女共参谋。
大帆扬起东风劲，一片峥嵘万古流。

七律·喜迎工会十七大

京华盛事沐秋阳，亿万职工皆激昂。
九秩峥嵘经砥砺，五年硕果展辉煌。
艳丽会标停客足，精致胸牌惹目光。
毕集群贤多思想，明朝播种自芬芳。

七绝 · 牢记国耻

适时警报贯长空，国耻历年犹记中。
倭寇侵华能几日，缅怀英烈祭旗红。

七律·党在心中

小红船泊中南海，华夏九衢皆笑声。
时已百年同壮丽，岁当七月共峥嵘。
初心永在深情筑，使命比肩馨梦呈。
日月载歌千里颂，万民福祉再长征。

七律·合分有呈

金乌挂胃不知行，风抚新晨伴鼓声。
赶走氤氲白云笑，嗟来瑞气嫩枝萌。
春由冬去无须议，昨合今分有明呈。
人事近期方有变，牌前往返认芳名。

诗·朗·诵

七律·运动会之歌

金融奥运乘风步，美誉芳名贯五洲。

一跃冲天欣喜鹊，千挥动地赏貔貅。

丹心报国闻鸡舞，赤胆酬家负笈游。

更快更高新境界，泉城是夕任歌讴。

七律·群星耀京华
——记 2018 年金融工会举行团拜会

群星闪烁耀京华，地北天南自一家。

锦绣华章呈异彩，助贫博爱汇清嘉。

弘扬正气雄风树，礼赞英模举国夸。

工匠精神谋大业，千秋盛世共飞花。

五绝·八月十六赏月偶得

明月映军魂，听党指挥军。
习携黄正道，大气定乾坤。

七律·昨日辉煌化玉溪
——忆运动会

泉城融汇醉方兮，昨日辉煌化玉溪。
遥聚楼台掀热浪，携牵缱绻逐虹霓。
高天滚滚承云朵，白浪滔滔涌岸堤。
欲借东风扬帆渡，豪情正甚坐观迷。

满江红·时代楷模张富清颂

一代英豪，
戎装伴，功勋殊卓。
曾记否、吼声惊岳，
壮怀投鄂①。
南北纵横烽火浴，
楚巫②征战情怀烁。
阵地前、汉子好威风，
横冰槊。

思宣誓，承心诺；
存浩气，标高格。
慕英雄美绩、万千开拓。
赓续前贤真本色，
流芳后世传精魄。
似春潮、汹涌撼神州，
风鸣铎。

注：①鄂，张富清英雄转业的地方，湖北恩施来凤县。②楚巫，春秋战国时期来凤县为楚巫郡地。

满庭芳·赞劳动者港湾

秋晓京都，和风拂柳，雀啾莺啭恭迎。凭栏望极，陌路数群英。典范欣然引领，爱彰显、情系民生。品牌好，匠心铸就，无处不名声。

大行担重责，神州普惠，善建先行。久盘锦，周全服务中兴。事业光荣伟大，坚持有，付出真诚。今隆庆，传媒激动，见证恁丰登。

二

泰山以倚

国泰民安
兆泰书

节日快乐

岁月 它只是一条河
在你看不见的时候 流着
看得见的时候 也流着
今天这个特殊的日子
我早已把它烙在心底

那个五月的故事
犹如一条河
裹挟着浪波
在湖泊和田野里
一路欢歌
让荷花儿盛开朵朵
一场春雨
填满了五月的诗意
一只蜜蜂醉得不知东西

蓝蓝的天空下
一只喜鹊飞来问好

告诉我它的梦想

是啊 谁没有梦

但 千万不要错过

筑梦的季节

也许 我就是那条河

在欢乐与忧伤中

不停地寻觅着梦想的快乐

一扭头

满室的花儿

好像 我在讲笑话

全都开了

红的 黄的 紫的

向着阳光

一起芬芳

劳动节爱劳动

祝热爱劳动的我们

五一节 快乐

同唱一首歌

——参加中国文联第十一次全国代表大会

今天

我们欢聚在这里

为文联的美好畅想

坐在人民大会堂

你我的心情澎湃激荡

为文化自信 为民族富强

我们敞开心房

在这里歌唱

铿锵的话语

有力的臂膀

引领文联前行的方向

悦耳的声音

婀娜的倩影

绽放文化的芳香

走在文化家园的路上

诗·朗·诵

你我携手同行

奔向远方

为了共同的理想

我们旗帜高扬

为了精神的食粮

我们无惧沧桑

为了人民的美好生活

我们　倾尽全部力量

抚摸爱心的人

您娴静似娇如净水
弱柳扶风惹人爱
您是金融巾帼的楷模
金融半边天的领路人

赢弱的肩膀扛起重任
两百万女职工爱注心田
您引领女职工勇往直前
维护女职工权益坚定果敢
示范引领国风家风在先
榜样刭刭

爱心呵护单亲女职工
让她们感受温暖
不遗余力弘扬女劳模
让半边天效应彰显
巾帼已成为金融业
亮丽的风景线

荣耀满满

您是好大姐
暖心贴心加细心
您是好领导
耐心专心加用心
您是好老师
柔声细语把心经传
春风拂面

您是知心人
用榜样的力量传承经典
用柔弱的肩膀扛起责任
用暖心的话语击退困难
用大爱的双手捧起笑脸
爱心无限

情绪悲伤时　您是慰藉
心情沮丧时　您是希望
胆小软弱时　您是力量
遇到困难时　您是阳光
温暖向前
我们
沉浸在您的爱抚中

沐浴在您的芬芳下
陶醉在您的双臂间
偎依在您的怀抱里
幸福馨甜

您是女职工的代表
我们永远学习的典范
抚摸爱心的人

贴心的"娘家人"

您是和蔼可亲的领导
我们崇拜敬仰的"家长"
金融系统工会的总舵
最可信赖的"娘家人"

深挖基层
用双脚丈量每一寸金融业工会的土地
读懂职工
想基层职工所想办基层职工所需
礼赞劳模
倾力弘扬劳动光荣劳模伟大

您是总指挥
栉风沐雨
演绎金融业工会传奇
您是画家
高屋建瓴
勾勒金融业工会美好蓝图

您是作家

如椽巨笔

书写金融业工会华美诗篇

您是伯乐

发掘出一批批金融业大国工匠

您是将领

才华横溢冲锋在前

您是亲人

尽心守护着五百余万会员

您是

我们金融职工大家庭

共同的大家长

这超越血浓于水的情感

永远在那里

清晰阔远

是您

呵护倾听我们的委屈

抚慰我们的心灵

温暖我们的眼泪

光芒我们的汗水

当我们需要时

您一直都在身边
安慰和鼓励

是您
用最博大的爱承载
用最淳朴的心关怀
用最有力的手相助
用最温暖的情守护
希望与未来

您带领我们
在困难和挫折面前
不气馁不退缩不言败
您带领我们
听党话跟党走感党恩
不断学习不断创新不断开拓

是您
如江河之昂扬浩浩
如树木之莽莽林海
如土石之峨峨高山
给予我们事业
坚定的理想信念
大无畏的英雄气概

您带领我们
让爱心普照大地
让科技插上翅膀
让金融劳模
尊严而幸福地领航

转瞬间您要离开
我们只想说
时间啊 请再慢一点

让我们永远
相暖相牵

我到济南去捧你

高速列车

在齐鲁大地奔驰

我的思绪

在金秋的襟怀里荡漾

随着徐徐清风

抵达快乐的远方 济南

在欢聚的海洋里

我扒开来自五湖四海的兄弟

在人群中拼命地找你

可是 怎么也看不见

告诉我

你在哪里

是在和时间赛跑

还是和海浪角逐高低

告诉我

哪怕是雷霆四起 暴风骤雨

我都会用百米冲刺的速度

诗·朗·诵

擎着时间

高声

捧你

爱在湘江沸腾

不要给我太多的感动
泪水早已在心中流淌
橘子洲头染遍你的雄风
湘江北岸留下你的情影

一幕幕温暖的画面
一张张朴实的笑脸
理赔选手技艺精湛
点钞竞技耳目一新
"娘家人"看在眼里
牢记于心

这份感情的债啊
"娘家人"如何去偿

唯有
用心服务
让爱常驻

仰望星河

你的美飘逸若虹
璀璨银河
像细碎流沙斜躺夜空
又像晚秋漫山遍野的枫
沉醉梦中

浩瀚的银河里
看到你忽闪的青瞳
那是天地间最亮的眸
愉悦寻找的脚步
情不自禁
打开尘封的荣光
心潮奔涌

敞开爱河
开始了温暖美丽的
红色传说

诗·朗·诵

林城最美的"花"

品味一隙暖暖的阳光

我闻到了春天的味道

不 那是来自林城的第一缕清香

它随风曼舞 浅吟低唱

飘入"娘家人"的心房

轻抚岁月的沧桑

绽放中凝聚思想

风雨中不畏寒霜

砥砺中初心不忘

你用勤劳的双手

编织出大爱的芬芳

"娘家人"把爱裁成

花的模样

戴在你

最美的胸膛

南城花已开

新年来了　时光浸泡的万物

历久弥新　而今天打造的轮船

是新的　在湘江下水的码头是新的

出洞庭　跨长江　奔大海

这通江达海的航线也是新的

时间每天都在脱胎换骨

但人们对此视而不见

习惯了麻木平庸和得过且过

把安于现状当作岁月静好

新年来了　我们从沮洳里奋起

新时代来了　我们从泥沼里拔腿上岸

在铿锵的创新步伐里化茧成蝶

正如今天　这艘被重新命名的新船

澎湃的马达输出源源不断的新动力

桅杆上的风帆打着新的旗语

和大海　白云　蓝天展开新的对话

大海依旧　但每一朵浪花都是崭新的

诗·朗·诵

让我们在新的海域劈波斩浪

让我们在彼岸的召唤中

全速前进

奔跑

奔跑　与黑夜无关
更与丰沛的诗意无关
从前　我是少年
在往新时代的路上努力奔跑
如今　我像少年
全力奔跑在新时代的路上

只有信仰与爱情
才能让我们活得
像少年

台 历

小小的一本台历
承载的是我们一年满满的信息
上面一笔笔的勾勒
好像种子颗颗种植
一块块涂抹的区域
留下我们感情的编织
红色数字是周末的痕迹
点点画色
是对美好生活的装饰

撕下的是回忆
永存的是终极

逆光

逆光
看不到真实的你
一袭黑衣
好像隐藏着无数秘密

如果是在星光里
你可以在山坡上 沟坳里自由呼吸
遮住月亮
做回你自己

无论是在哪里
没有阳光
终究会是一片狼藉

诗·朗·诵

心态

一回头

身后的草全开花了

好像是听了笑话

乐得前仰后合

赶忙凑上去

和它们唠起了闲嗑

说说烦恼

讲讲美好

谈点感受

最后 竟眉来眼去

说出了心底的颜色

这以前是不可能的

说着说着

牵手

开启了

幸福生活

七绝·落木紫团

啾声缭乱动天寒，落木萧萧绽紫团。
莫道西风思故旧，殷勤过客试探看。

七绝·观梅溪方艇图

傲骨寒梅占断芳，欲歌溪水咏流长。
远山无路谁诗画，一叶孤舟送客忙。

五绝·母女共舞

——朋友为女儿诗歌谱曲演唱有感

金城淑女来，文曲同歌舞。
青帝赏时惊，循声吟杜甫。

七绝·搦丹青墨手

——贺同事寿辰

徜徉翰墨搦清遒，天道酬勤赋高楼。
柳骨颜筋逐其后，红墙内外数风流。

诗·朗·诵

七绝·柳韵

娴静端庄闭月花，纤腰玉带舞天纱。
宛如仙女凡间处，君看一眼乱如麻。

七绝·梅花赞

京城地冻啸风寒，御苑梅花独自欢。
无雪仰瞻真秀色，有霜滋润亦奇观。

七绝 · 祝福

海光生日喜洋洋，盛会同行共炜煌。
偷得闲心忙农场，嗟来绮梦满庭芳。

七绝 · 潞绸情

暮霭春晖斜映楼，三五好友饮多筹。
闲行却著均忙事，宫里文华宫外求。

七绝·政和花好

雪落枝头花若画，香萦巷陌日铺霞。
春风拂过千山翠，桃李萌红乍露华。

七律·九日祝福

时当九九盈秋菊，连理枝头并蒂花。
五十年间习多少，卅载光阴自嘉华。
争分夺秒行天底，风雨同舟逐彩霞。
妙手促成皆汗水，如诗佳作众人夸。

诗·朗·诵

七绝·仙境图片随吟

细雨清晨润绿田，茫茫雾霭接云天。
随风卸去三千事，不问人间莫觅缘。

七律·香炉情

白玉香炉两片麻，氤氲飘过笼青纱。
神闲气定销胭粉，宁静端庄闭月花。
品读诗书传文化，绵言婉转减铅华。
抬头独倚黄昏后，香痕一抹挈携霞。

诗·朗·诵

（仄韵）七律·漪园聚旧知

南风一缕缠高殿，白鹊初成三伏眷。
粉朵英姿绿叶情，蒲团心意红鱼膳。
湖光潋滟小舟轻，汀柳空濛山色眩。
闲日漪园聚旧知，瑶歌绮曲方家宴。

國泰民安　兆泰書

幸福都是奋斗出来的

心底的敬意化作掌声喷涌而出
是为你们感动 我们的金融战士
台前的鲜花辉映着你们的光辉形象
是为你们自豪 我们的金融英雄
耀眼的镁光灯闪烁着你朴实的笑脸
是为你们骄傲 我们的金融楷模

为什么 你们胸前的奖章那样闪烁
那是因为你们晶莹的汗水如雨滂沱
为什么 你们朴实的名字那么响彻
那是因为你们感人的事迹传颂如歌

你从小溪边走来
我们却看到了你身后浩瀚的江河汹涌奔波
你从高原上走来
我们却看到了你身后挺拔的高山矗立巍峨
你从柜台间走来
我们却看到了你身后客户的笑脸温馨祥和

你们是致富的使者
哪里需要就在哪里停泊
你们辛勤播撒的种子
在祖国辽阔的土地开花结果
是你们 坚强地挑起了困难地区脱贫攻坚的
责任
是你们 勇敢地扛起了决胜全面建成小康
社会的重托
你们用青春与生命 筑就坚不可摧的
战斗堡垒
你们用热血和汗水 谱写中国金融的
壮丽凯歌

你们是金融行业的尖兵
拥有着迎风破浪的豪迈气魄
你们是金融战线的卫士
时刻守护着祖国经济跳动的脉搏
你们是金融工作的垦荒者
默默无闻 创新开拓
你们是金融事业的擎旗手
示范引领 功不可没
你们是最优秀的典型和代表
是全国金融战线所有职工的楷模

你们是亲人

你们是朋友

你们雪中送炭 寒冬送暖

你们是桥梁 托举着使命与担当

你们是纽带 连接着梦想和希望

你们是共和国金融事业的中坚力量

雪域高原有你们不屈的背影

偏远乡村有你们坚实的脚步

同胞兄弟难忘你们温暖的笑脸

父老乡亲记着你们贴心的话语

这些感人的画面背后

是妈妈天天嘱咐的惦念

是爱人日日牵肠挂肚的期盼

你们是我们值得骄傲的同行

你们是我们可敬可爱的战友

你们在平凡岗位上

甘于奉献 顽强拼搏

你们在经济大潮中

淡泊名利 忘我工作

今天 你们的名字又一次被唱响

今天 你们的事迹再一次被传播

你们年复一年走过的路啊
穿越了昆仑太行的巍峨磅礴
你们日复一日淌下的汗啊
涨起了黄河长江的波澜壮阔

你们感人的故事
已经成为金融界最美的传说
你们骄人的业绩
金融作家们正在记载和讴歌
新时代的号角已经吹响
新思想为我们扬帆掌舵
让我们再次集结整装出发
让我们再次携手 重奏凯歌
为了祖国的繁荣昌盛
为了人民的美好生活
幸福都是奋斗出来的
让我们
团结奋进
创新拼搏

祈福 夜色下的逆行者

黑色的夜空下
那一个个远去的背影
高大的像一堵墙
挡住了黑暗
折射着光明

四面八方赶聚而来的驰援者
犹如夜空中闪烁的繁星
用身体力行
驱除那噬人的精灵
国人无不为之动情

你们集结的号令
是武汉夜色下的指路明灯
那前行的脚步
让黑暗势力绝冥

勇往直前是你们的天性
击退困难是你们的本领
你们是真正的共和国脊梁
撑起了一片天

诗·朗·诵

扛起了一个家

有你们
再难都不怕
向你们
致敬

祈福长宁

6月17日22时55分
时间定格在长宁
一阵阵摇晃
我们的同胞兄弟
在黑暗中受到重创
警报拉响
全国人民的心凝聚一方
一起痛心守望
为同胞兄弟祈福安康

一列列救援队伍火速整装前往
白衣战士第一时间奔赴战场
废墟中他们忙碌辛苦的身影
是生命的闪亮

长宁挺住
祖国和人民用行动陪伴你身旁
和你一起抵挡

诗·朗·诵

长宁不哭

兄弟姐妹们用爱温暖你心房

和你一起携手同扛

长宁加油

我们要用实力证明

和你一起创造生命的力量

不管是比邻

还是远隔万里

今天的担当

是中华儿女的情谊绵长

是五十六个民族的团结互帮

为同胞

祈福安康

希望

明天
你将穿上梦寐以求的迷彩服
走向训练场
那里
属于你的是英姿飒爽

是雄鹰
就要展翅翱翔
是朝阳
就要承载明天的希望

男子汉
就要有责任担当
肩膀扛起梦想
双手创造辉煌

苦累
考验你的豆蔻年华

纪律

洗礼你的血气方刚

这不是

投笔从戎

更不是

镇守边疆

这是

梦想的起航

好男儿

就要心怀大志

根植沃土

远行远方

永远在我们心里

您从西柏坡走来
带着解放区人民的期盼
这不是旅游
而是进京赶考
一路上 您在西苑机场
检阅部队
鼓舞军威
在颐和园，席地而憩
简单至极
次日 您抵达树耸云端幽馥漫
顶淋虹彩斑斓贯的香山
不禁为之夸赞
这里春有满山杏花芬芳
夏有两股清泉缠绵
秋有漫山红遍尽染
冬有古藤苍松依恋

您半山而居

面南而坐

远眺北京城

近抚香炉峰

览奇景 思家国

今天 我们来到这里

依然能见到您的印迹

六角亭下有您的身影

双清小院回荡您的笑音

漫山红叶是您指挥的千军万马

所向披靡

潺潺流水是您的美丽诗篇

奔流不息

这里 您不止居住了八十天

是永远 永远

在我们心里

携最美阳光温暖您

我想收集所有的阳光
合成最美的虹
洒在您身上
我想采撷世间的花香
酿成最甜的蜜
双手捧给您
我想把这秋天的寒凉
煮得很软很软
让您永远永远
感受到温暖

我想让星星在您的
屋檐下
逗您欢笑 陪您轻摇
让嫦娥在中秋节
为您舞蹈
让浪花为您歌唱
吹响革命的号角

诗·朗·诵

让这沂蒙山的
红色沃土
为您丰收丰饶

我想把这一切的一切
送给您
唯愿抚平岁月的皱纹
拔掉您身上的弹痕
让您展笑欢颜
让幸福喜上眉梢

这瞬间的美好
将化为永恒
让阳光人的阳光
温暖您
让"娘家人"的爱心
永远
守候着您
情怀依旧
青山不老

扶贫

您从那遥远的黑土地走来
带着极地的亮光
和白雪的味道
那镶着金边的雪花
是人们对你的褒奖

掠过金色的稻浪
轻抚祖国的心脏
带着信念 奔向临洮
那朵朵绽放的百合
是温暖你的怀抱
那奔涌的洮河水
是贫瘠土地的血脉营养
它正在用干涸的嗓音
呼唤着大河
大河毫不犹豫
挽起它的胳膊
奔赴海洋

那入海的地方
伴着花香和掌声
源远流长

一个传奇

昵称是画家
小号是摄影家
这个人的秘密
我要用公众号
公布于天下

一人有两个家
这是一个传奇
不是神话
更没有违法
一家用笔绘梦想
一家食指框天下

九州日月皆墨宝
最擅十二生肖牛和马
指框天下妙生花
唾手可得 画如诗 诗如画

恭祝
扬名天下

遇见

人生的路上
不期而遇又注入心灵的人
那是缘
相比热烈和浪漫
相比新亭对泣和虎溪三笑
我更在乎遇见

遇见
皆是缘
请珍惜 珍重

角色

人生
每天扮演着不同的角色
过去演的再美好
那是曾经
未来能扮演好
才是生活

做好当下
就是过往

最美的遇见

你我的遇见
像是春天的召唤
感知话语
彼此之间没有距离
虽未谋面
但已深藏心底

多想借黛玉的美锄
为你辟出一片灿烂
让你在桃源里休闲
多想借纳兰的笔端
描摹你的优雅斑斓
让众人盛赞

只可惜 我的能力有限
只能遥祝
云端的彩虹
永远绚烂

想

小时候的邻居

一个矮小的老太婆

说话像柴火噼里啪啦燃烧

走路如狂风卷树梢

一双长满老茧的双手

在风雨中导演着自己的目标

一本书　是一个路标

一把锄头　是一种生活

指示着前行的方向

汽车方向盘诉说着它的孤独

七律 · 城市犹有蜃楼观

一轮红日雾中看，忽现蜃楼犹有观。
驾驶汽车霾总绕，阻行街口语难欢。
无风导致昏黄色，不意仰望重复叹。
唯盼午间飚及第，晚秋冬好总教安。

七律 · 春节情

携春把暖度京城，朗月疏星玉宇明。
换得桃符享鸿运，催醒草木斗芳荣。
南来北往徐行道，冬别春归为此程。
笑语万千同守岁，阖家欢聚共长情。

七绝·红螺寺随吟

历年名刹秋风拂，金叶盈空催我诗。
人在北京心启梦，长安街上数英姿。

七绝·芳华祝瑞年

一缕春风逐梦迁，耕耘四载筑鸿篇。
灵均千古传高许，次第京都祝瑞年。

七绝·感恩诗情

洒向瑶台好梦香，何曾厄酒醉流芳。
千山万水诗情处，对屏无言歇暖厢。

七律·观旗袍秀有感

伊人玉立舞台前，华服香风各领妍。
曼妙行姿惊墨客，娇羞状态醉花仙。
持家能手书经典，创业良师仿圣贤。
现代木兰临场秀，神州巾帼最光鲜。

五绝·归燕

疫来门不出，遥向白云端。
看燕衔泥至，欲陪君子兰。

七绝·青衣颂

拜师学艺正中门，花旦青衣演摄魂。
宛若惊鸿挥舞袖，歌喉一放醉来尊。

诗·朗·诵

七绝·晚霞彤彤

春日晚霞香墨酬，桑榆恣意笔生柔。
乾元朗朗金融璨，祝福随波棹老舟。

七绝·生日寄望

着彩庆生如愿事，设筵宴友聚时欢。
碰杯寄语来年好，待得春声日别寒。

七绝·午后核酸

斜日长风宛若龙，循声听唤守从容。
军民齐力疫情去，彩衣称庆乐声重。

七绝·英莱之光芒

四载英莱道路难，渤海湾旁倚玉阑。
与时生发何相适，一线光芒着锦冠。

七绝·尘世感怀

得意垂成休傲物，流云去远莫须追。

平生几许愁和苦，一旦有逢唯自悲。

七绝·香山吟

休事歇心捎带茶，拨筝沸瑟动京华。

年声破晓呼回燕，恣意香山雪不遮。

安生乐业

国泰民安

兆泰書

军人

军人

是默默奉献 是坚定守护

是服从命令 听从指挥

是如此普通却又如此精彩的称号

一声号响

你背起行囊

奔赴远方

送行的队伍挤破操场

亲人啊

这是你的荣耀

我们的自豪

雄壮的背影

是梦想的起航

坚实的步伐

是人民的希望

铿锵的誓言
是庄严的承诺

你的前方
是祖国母亲的强大
你的远行
是亿万人民的重托

啊 军人
铮铮铁骨
民族的脊梁

手捧猎猎国旗
你踏上万里征程
那里没有诗 只有远方

高温高湿是它的特长
沙尘暴洗礼是家常便饭
绿色是这里的奢侈品
惜水如金
但是 你说这里是锤炼灵魂的最好地方
是中国前方最美的一道风景

在这里

没有信息网络高科技生活
没有城市喧嚣霓虹闪烁
只有内心的平静和原生态的生活

在这里
你们荒漠筑长城
双手筑就辉煌
你们开创历史先河
谱写生命乐章

亲人啊 共和国的卫士
愿你守卫好祖国的最前方
愿你保卫好我们的家乡

你是否记得

心情有点复杂
毫无准备地在你面前走过
有点激动 有点慌措
你是否记得
卅年前
你拥我入怀的时刻
报名的人群浪涌奔波
幸运的是
我的梦想被染成绿色

想当年
我也想扎根祖国的边防海疆
用热血抒写衷肠
让生命永远在军旗下闪光
而如今
虽脱下戎装
却依然保留着你的钢梁
追逐着你的梦想

静静聆听着你的豪情满腔

多年来
我将思念灌溉悠长
用肩膀扛起责任和担当
让温暖在岁月中流淌
把爱变成金融职工美丽的衣裳
无论咫尺 还是他乡

您好 八一

每到八一
对于当过兵的人
心情总是那么激动豪迈 振奋不已
因为 这一天对于我们
是一种美好的回忆
一种含泪的幸福
一种别样的情怀
更是一生中难以忘却的绿色记忆

你可曾记得
对绿色军装的殷殷期盼
入伍时许下的铮铮誓言
仰望军旗时的坚定信念
你可曾记得
那标准军礼的执着傲然
那嘹亮军歌的热烈浪漫
那闪烁军徽的肃穆庄严

作为一名军人

不会忘记训练场上的挥汗如雨

不会忘记革命先烈的视死如归

只要祖国一声召唤

我们必定奋勇向前

冲锋在抗洪抢险第一线

抗震救灾的最前沿

同样 面对非典 新冠

我们一样会义无反顾地接受挑战

那一张张笑脸

一幕幕往事

一点点温暖

我们都牢记心间

退伍不是退出

因为 那一抹绿

早已融化为生命的永恒

当欢送的锣鼓响起

我们擦去眼泪 挥动友情的双臂

带着一身方刚血气

来到这里

将新的人生开启

在这个全新的大家庭

我们团结一心 奋勇砥砺

做好服务是我们永恒的课题

建家路上我们披荆斩棘

维权服务我们不偏不倚

劳模管理我们用心呵护

女职工关爱我们认真细腻

今天 面对疫情我们逆流出击

将金融工会的温暖向五湖四海深情传递

困难是山 职工是天

无论遇到多大的困难和磨砺

你我总是牢记军人的正义

左手责任 右手担当

钢铁意志早已融入我们滚烫的血脉

猎猎军旗永远高高飘扬在每一位老兵心里

今天 在八一建军节来临之际

让我们真诚地道一声

您好 八一

请接受一个老兵崇高的

敬礼

力量

你　从天山走来
带着格桑花的芬芳
深入边疆
用情温暖云山巅的哨所
用爱抚摸圣洁的心灵

一路辗转
武大的樱花
醉了你
前行的步伐

留下吧
这里有逆行者的铿锵
需要
将军的光芒

军校六队之歌

有一种回忆
虽然苦涩
却珍藏心底
有一种情感
虽无血缘
却亲如兄弟

沉重的书包是梦想的起航
青春的微笑是幸福的飞扬
集合的哨声伴随着口令响起
学员队领导的教诲永远铭记

啊 六队 团结向上 勇争第一
啊 六队 军中绿花 巾帼传奇
萝卜 白菜
是我们餐桌上不忘的记忆
花生 凉皮
是我们休闲时幸福的回忆
扑克 方便面

记载着我们周末迷惘的足迹

我们一起方队训练
我们一起文化学习
我们一起挥汗如雨
我们一起接受检阅洗礼
那是甜蜜的回忆
那是永远的记忆

啊　战友　时光飞逝
卅年恍如昨日
岁月带走了我们的稚气
军旅青春却永远盛开在
那一年的雨季

一声姐妹
一生兄弟
没有什么能改变
这份亲如手足的情谊
亲爱的战友们
请记住　六队
这深沉如海的相惜
我们是九七届六队一员
我们是九七届六队永不老去的美丽

十八岁

昨天的少年郎

轻衣单车自由度

惊艳了飞花与晨露

昨天的少年郎

痴迷的是植物与动物

充满了爱心无数

昨天的少年郎

青衫怒马笑颜狂

笑傲着俗情与愁觞

昨天的少年郎

偶尔静坐独自倔强

误了春天的飞絮和暖阳

昨天的少年郎

已成回忆点点心藏

今天 十八岁

你将独自面对人世沧桑

旅途风光

风霜自扛

心中的那抹绿

五颜六色中
我最爱绿色
因为那是小草的颜色、大树的颜色
更是军装的颜色

看到绿色
便会想起您

生命中的第一次别离
因为您
成长成熟的点点滴滴
也是拜您所赐
宽广的胸怀和心中的大爱
是您无私的赠予
还有您昨日那无数次的洗礼
才有了我今天前行脚步的坚毅

生命中一旦融入绿色

人生便总有春意

因为那是生命的底气

花儿开在阳光下

八月的绿城
在阳光的照耀下
沸腾如海
花海如霞

二百八十只花朵
在这里
青春绽放
吐露芬芳

秋雨感动得
默默让路
白云陶醉得
情不自禁驻足
鸟儿高兴地
鼓掌欢唱

连太阳

都暗暗觑觎

不愿离去

想跳下来

闻闻阳光人的

味道

绿叶对根的情意

时光在岁月中挪移
一片叶子掉在风里
那是阅尽千帆的睿智
让美好一起走进烂漫的秋季
站在金融街感受大厦的鳞次栉比
遥想一座城的变迁和一个人的境遇
记忆的闸门瞬间开启
思绪如潮水泛起阵阵涟漪

大召前街11号院的左邻右里不时在眼前闪过
儿时小伙伴相约淘气时的暗语阵阵响起
记忆的长河一泻千里 奔流不息
想父母六十年前养育我们的不易
思如今马头琴声悠扬的城市
还有我四个城市留下的美好回忆

对比今昔
家乡的变化早已翻天覆地

这得益于改革开放的红利
和新时代国家繁荣昌盛的给予
往日的场景已成为过去
只能深深 埋在心底

一声鸣笛
打断我的回忆
回头仰望我的城市
想想几十年的风风雨雨和工作的点点滴滴
泪水早已决堤

我慨叹 养育我的这片土地
是那么神奇
山川秀美 骏马蹄疾
草儿芬芳 奶茶飘香
琴声悠扬 泉水歌唱
白云徜徉 蓝天豪放

这诗意的地方
有我生命的过往
更是绿叶对根的真情回望
那份情 那份意
如黄河水
滔滔不绝 缓缓流淌

在梦里 在心底

一座城种下一个人的记忆
一个时代书写一个民族的传奇
每一个人都是宏伟蓝图中
不可或缺的一笔
国家富强人民富裕
迈入新时代
人们的生活
行而不辍
未来可期

五绝·清茶静心

孤月比邻星，寒灯望远亭。
问心何所事，唯愿一壶青。

（仄韵）七绝·大觉寺景色

春来古刹幽兰醉，霜降禅门白果美。
路入云林幽径转，红尘紫陌相邻里。

七绝·真情邂逅

红尘邂逅当珍惜，忆字由衷谢在心。
姊妹一场千万好，昔情安放梦胸襟。

七律·蹀躞丹青登锦程

蹀躞丹青契锦程，文心汹涌壮豪情。
笔端属相尤其美，粉墨流光更是琼。
内敛谦和恭谨让，儒贤气质信长盈。
人生如寄匆匆过，耳顺书斋远近名。

诗·朗·诵

七绝·欢送诗语

同事一场多少忆，不舍告离难免思。
今别诚言席间道，倾声诉语与君知。

（仄韵新韵）七绝·梅花赞

睦邻御苑同芳艳，共处宜春齐烂漫。
览胜偷闲赞赏时，红黄掩映犹虚幻。

七律·九寨情

一朵莲花如若佛，盛开金蕊几婆娑。
禅心期语从天地，九寨裂痕当日梭。
厚意真情重奉献，同舟共济永长歌。
人民子弟英雄路，今为将来付出过。

七律·佳节思亲

佳节相思系远方，笔耕泪辍筑千章。
眼前重现团圆景，苑后欣闻始终香。
报效国家心不悔，出行异域赋高堂。
坐依央视听佳讯，基地官兵永护航。

五律·赠友人

北基①草将眠，将帅暮临川。

铁甲迎飞弹，银鹰若楚弦。

挑灯书诺②策，伴夜啸声传。

枕上行千里，琼浆报帐前。

注：①北基，朱日和。②书诺，出自《周书·令狐整传》："但一日千里，必基武步，寡人当委以庶务，书诺而已。"

七绝·友赞

八处①山花诗里觅，云清风淡赏窗前，

兄台姐妹舒心共，幻景垂文享美筵。

注：①八处，即北京八大处。

七律·与友小聚有怀

丽春罗袂^①郁金堂^②，聊极不言先自狂。

推柳拂窗惊绿簇，绕兰入室品馨香。

新茶碧水杯中聚，玉液丹霞话里尝。

不恨时针停不住，只嫌离别惹心伤。

注：①罗袂（mèi），华丽的衣裳。②郁金堂，指朋友绕满郁
金香气的别墅。

七绝·逐心

初心不改逐依然，继往开来有达贤。

高举红旗人踏实，一朝携手为千年。

七绝·韵香情长

小院闲窗孕丰华，群贤点缀粲迎霞。
深情远寄合君意，同赏诗词共妙花。

七绝·致敬劳模

盛日寻芳五月天，繁花绝艳陌今宣。
几经风雨云虹笃，一瓣心香浸锦笺。

诗·朗·诵

五／春和景明

春夏
秋冬

清明

随着季节的更替
脑海中
掉下
一块块松动的过去

落在杯里
一不小心被我喝下
又夺眶而出
泪 如雨

惊蛰

沉寂了一冬
终于把你叫醒

你如转世的精灵
一夜之间
让大地换上绿装
布谷鸟从天而降
送来播种的信号

地下的生命也蠢蠢欲动
排成一列
伸着懒腰准备登场
琼枝上晶莹的芽苞
像一汪春水的眼睛
打量着尘世的过往

绽开的花瓣
是灵魂与肉体的碰撞

多么隆重

好像奔赴战场

又好似生与死的较量

春

早春啊
为什么
总是愁容掩面
是放翁忆蕙仙
还是气他们诋毁新疆的棉

前行的路上
总有荆棘
否则我们不会蹀躞百年

一只雁飞过
安好
便是晴天

诗·朗·诵

春风

你的
微服私访
让我的心里如小兔乱撞

一季的等待
让我有点盲从
准备盛宴
填满那片寂寞的
空间

春季的美好

春天

是孕育诗行的季节

随处可见的是

花儿向你点头微笑

柳枝伸展双臂

想把你揽入怀抱

小草招手

向你耳语春的来到

小溪仿佛长了脚

奔跑着

一路欢跳

这

大自然的一山一水，一草一木

经历了一冬的悟道

有点

迫不及待地

向众人宣告

这季

是怎样的 美好

春天

春天

是孕育诗歌的海洋

那笑弯腰的青绿柳绦

让诗行悄然启航

繁花儿绽放

让诗词流淌的妩媚妖娆

向你招手的小草

悄悄告诉你

把它写进诗行

小溪也来凑热闹

奔跑着

告诉你

它的重要

这

大自然的一山一水

一草一木

历经一冬的悟道

有点
迫不及待地
宣告
谁才是春天的
主角

春天来了

黄色的苞蕾爬上枝柳

点点稀稀

不畏料峭寒风

作为春天的信使

第一个把春信报

那一朵娇艳的黄花绽放

是一个冬天的集结

那馨蕊的花香

它走了一个冬天的漫长

在泥泞雪霁的路上

它拼命保护着这份

献给春天的厚礼

筚路蓝缕

只为告诉我们

春天来了

春雨

今天　你终于释放了自我

让泪流出了眼窝

是啊　多少个日夜

你被苦痛折磨

无论是花儿的坠落

还是铁甲飞流的枷锁

你坚强不辍　依然如昨

翻山越岭爬上每一道坡

走过每一个角落

让每一个花朵

都娇艳似火

面对世界

我们的力量是如此的孱弱

生命的无常

战争的焦灼

病毒的胁迫

我们有点慌乱无措

真想飞到时间之上

给大地

一个

承诺

端午

两三片叶子包起的
不仅是美味更是情怀
汨罗江畔的故事
集聚在这小小天地
无论何样
都是一种仪式和追忆

不管甜的咸的
飘香的是灵魂
吃下的是骨气
传唱的是《楚辞》

致青春

一转头

已青丝染霜

是流年太过骄横

还是谁夺走了我的时光

走在来时的路上

寻着足迹

在疼痛中

寻找青春的记忆

暖

趁人间光线尚好

打包一些春天的味道

收藏起来 适时送与你

因为 生活中不是每天都有阳光

荣辱和悲欢 各在各的彼岸

随时登场

我想用指尖里留下的这些温暖

消解你 所有的不安

七律·春日晚霞

骄阳碧水漾清波，浮面杨花度菱荷。
绿袖红妆随蝶舞，金枝玉露任风歌。
旅途沸沸一桥递，溪畔潺潺两岸和。
不负春光行色急，晚霞悄悄牧长河。

（仄韵）七绝·春雨寄怀

九州沃野今呈碧，一地梅香春宴席。
绿水绵延万里青，晴天远眺千余尺。

七绝·春分

破土露尖彰显知，竹林新嫩正逢时。
踏青欲采和人约，有费思量问请谁。

七律·谷雨

万物葱茏随雀鸣，良田似锦几犁耕。
春风百匝绣罗幔，细雨千丝弄笛声。
芍药葳蕤催约会，牡丹婀娜起恭迎。
一年好景当时日，墨舞笔歌长向荣。

七律·恋春惜夏

南国熏风就暑开，蝉蛙鼓噪欲登台。
烝然汕汕鱼波漾，倬莆洋洋麦浪催。
除却繁花转苍翠，放教高樾正峀嵬。
念春惜夏思无尽，悄去时光不复回。

七绝·兰花颂

兰香一缕沁诗魂，半卷湘帘半掩门。
不与春华争烂漫，但凭优雅醉金樽。

七绝 · 春日随感

饮水河边春草碧，百望山上月如灯。
花开夜合初修道，阅尽红尘学作僧。

五绝 · 迎春花

一花枝上来，二月剪刀裁。
若待新颜色，更需金虎催。

（新韵）四言·清明祭语

山色空蒙，大地哀婉。
与生长叹，笑音悠远。
点点如滴，历历若显。
先贤足迹，榜样万千。
人间沧桑，总归尘缘。
辉煌远去，历史恭还。
四月飞雪，重复山川。
举国上下，神伤黯然。
逝则寂寂，悼者泪泉。
东西南北，依居追唁。
唯家之法，亦国之坚。
时光转逝，不忘祖先。
礼应报本，祭礼宜虔。
根植故土，血脉永传。
子孝孙续，功不唐捐。
鹏程万里，前世旧缘。
玉汝于成，逢喜凭栏。
天地有灵，护佑平安。
恭申祭告，佐以此篇。

七绝·北国春光

一朵不甘今日出，投眸四射好惊奇。
梅蔫竹寂田间冷，北国春风恁自私？

七绝·和春风

晨辉鼓起一帆风，万里驶行春色中。
磨砺月余初显好，倚家厮守看花红。

诗·朗·诵

七绝·雨中赏海棠花溪

细雨飞花落满溪，谁携细柳傍春堤。
晓来紫气随波漫，悄醉诗情向客题。

五绝·兰花绘

着笔绘幽兰，隔屏优雅观。
慧心青叶晓，梦里白云端。

诗·朗·诵

細雨飛花落滿溪誰攜細

柳傍春堤曉來紫氣隨波

漫惜醉詩情向客題

七絕雨中賞海棠花溪　壬寅秋月兆泰書

六

夏雨雨人

春夏
秋冬
壬寅荷月
芜墅戢

花季

这个季节
陪伴是最长情的告白
落花缱绻树干
大地拥抱飞雨
无需言语
只要有你

仰望一树繁花
风轻轻抚过脸颊
我的心 像被它
亲吻了一下

诗·朗·诵

跨越印度洋送一缕清凉给你

听得出来
昨天，你讲电话的声音
不同往常
像孩子一样
喜悦激扬
你告诉我
吉布提下了
四个月来的
第一场雨
我微笑着
随声附和你
我的心
充满欢愉

你可知
那是我积攒的
北京秋天的
凉意

诗·朗·诵

作为中秋的

礼物

送给你

这礼物

有玫瑰绽放的蜜语

有果实成熟的香气

有秋风秋韵的美丽

有你我满满的回忆

我把这一切

积攒在一起

打包邮寄

让云朵携上

明月引路 海浪簇拥

趁太阳还未睡起

跨越印度洋

给你送去

只此一缕

足矣

念

缓缓拉开四月的帷幕

条条思绪如弦

回想你的目光

缓慢而柔软

多想与你相见

倾诉梦想 爱恋和想念

相约吧 就在今晚

梦里见

不用说话

仅凭眼神

足矣

清凉拂面

轻轻走进六月的浪漫

微风习习 鲜花璀璨

车辆与行人如潺潺流水不断

这是长满诗意的季节

空气中缤纷浪漫

一只长着翅膀的蒲公英

飞舞着送来清凉拂面

爱与汗水在风中挥洒

飘向它们的彼岸

回眸阵阵清凉

一袭高大 英俊的蓝衫

掩盖不住才华横溢的绽妍

温暖谦和让花蕾羞涩

低调内敛让蓝天白云垂涎

清凉拂面

它把自己镶在

最美的锦冠

诗·朗·诵

一湖碧蓝

遥想

那一湖清澈的碧蓝

是上天的眼

注视着人世的苦辣酸甜

天边的白云

是为你遮雨的伞

守护着那片洁净的天

金灿灿的油菜花

炫耀着一季的烂漫

它

让你忘却汹涌的波澜

保持

美丽依然

脚下

清澈的明眸与天相连

漾漾波纹犹如一张

甜美的笑脸

掩饰着少男少女

相见的腼腆

路边欢呼的人群

托举着神圣的经幡

那激动的样子

真是不知所然

他们心中的圣洁

令人悟禅

拥抱

这蓝色的爱恋

心灵的家园

每一滴水

都带着灵性和不凡

平静的湖面

闪烁着五彩音梵

荡漾的褶皱

传递着真诚和温暖

它抚平伤感化解恩怨

远处

那一束束格桑花

是蓝天捧出的哈达

扎西德勒

蓝天

一路风尘
一路褴褛
你终于找回了自己

拥抱
亲吻
自由呼吸
我真的好想你

雨

雨后还是雨
忧伤之后还是忧伤
我想从容地面对你
做回自己

蓝天白云
为什么总是别离
那是因为有你

世上的事
存在就是美好
好好珍惜

雷

一声轰鸣
警示人生
落下的是雨滴
留下的
一半是痛
一半是笑容
站在宇宙的能量场
人生就是一场修行
你有几度
自量自入

光

你想折断黑夜的翅膀
拼命照亮前行的方向
可是　哪有那么容易
银河系里的黑洞
仅靠一束光
很难穿透

为什么不能达成一种谅解
不碰撞　不撕扯　不挤压　不坍缩
打开心扉

闪电

一道闪电
穿过黑暗的天空
钻进了大脑沟壑
加持思想
散去过往
生根了善良

雾

雾来了

踱着四方步

悄悄地蒙住了人们的眼睛

检验着每一个心灵

循着光的方向

导航

前行

昨日的雨

昨日的雨

像个娃娃

调皮的这儿看看　那儿摸摸

一会儿唱歌　一会儿跳舞

一会儿阔步如飞　一会儿蹀躞前行

一会儿钻入草丛　一会儿跃入长河

它不知疲倦　四处奔波

徜徉在春天的怀抱里

撒娇　打滚儿　疯狂得不知所措

累了　慢慢地躺下

吮吸着甘甜的乳汁

微笑着

催开五月的花朵

太阳雨

四月的天
如情人的脸
一会儿甜如蜜
一会儿娇人泪
一会儿牢骚满腹
一会儿惆怅尽显

劝告是徒劳的
还是努力采蜜吧

清晨的雨

清晨的雨没完没了
在屋檐窗棂上乱跳
在湖面伞花上绽放
一条线连接尘世和天堂
倚窗远望　沉醉不醒
湿润的过往　不尽的忧思
丝丝入扣　件件奔涌

枕边诗书的墨香
飘然而至的是
青箬笠　绿蓑衣
斜风细雨不须归
那份悠然自得的从容
霎时　眼前又浮现出
两鬓斑白的易安居士
在病榻上笑吟
枕上诗书闲处好
门前风景雨来佳

那令人伤感的画面
忽然　我听到了远处
沙湖道上苏公在大声唱诵
竹杖芒鞋轻胜马
谁怕　一蓑烟雨任平生
那响彻山谷的回声
激荡　狂放

夏日雨滴的曼妙
送来的不仅是世间的美好
更有通往忧伤的幽幽漫道
人生似棋　生命如雨
有伞就好

我的忧伤

窗外的雨啊
你可听到我的忧伤
我的泪水
伴你一起流淌

说好的不哭
说好的不想
可为什么
依然这样无由惆怅

心底的涟漪
请不要再徘徊迷离
那些个不曾有人知
不会有人晓的
疼痛
只倔强深埋心底

难过了自己傻笑

跌倒了自己爬起

天冷了记得加衣

心累了假装坚强

假装休息

就这样一个人

就这样

自己学习倚靠自己

不知什么时候起

习惯了孤独

爱上了独处

不知是时间变了过去

还是自己累了

倦了期许

不知什么时候起

喜欢上安静

喜欢上清寂

不知是岁月赶走了顽皮

还是自己淡了

远了绚丽

不知什么时候起

喜欢上了自言自语

喜欢用笔墨诉说心语

不知是格局变了

还是自己宽了

躲了拥挤

寻觅灵魂的香气

不观色不揣摩

不刻意追逐任何点滴

只 自由呼吸

只 酣畅淋漓

阳光的浪漫

此时
你蒙着面纱出现
是大地的灿烂
还是万物的娇妍
让你羞愧得不好意思相见

理解年轻人吧
整个冬天都如此黯淡
他们需要
一场轰轰烈烈的爱恋
连大地都懂得
他们心里的期盼
主动设计了一场惊天动地的浪漫
它让百花绽放　树木芬芳
它让群星璀璨　月影如幻
它让馨香铺路　美酒祝福
这场盛宴
你我
不见不散

诗·朗·诵

榆钱

满树的繁花

却不与春争华

轰轰烈烈的时代

只有你　表里如一

始终用象征生命的绿色

展示自己

一片叶子

一片叶子遇水
是激情与速度的碰撞
更是一场美好的邂逅

端起的是希望
喝进的是力量
放下的是醒悟

诗·朗·诵

一棵大树

一棵大树
站在那里
像一片森林
又像一朵飘忽不定的云
远看
是巍峨
近看
是孤独

一阵暖风吹过
抚平了
它
生命的
五颜六色

七律·端午感怀

浓云薄雾浥京城，数户门前接绿英。
角黍飞江唯夙愿，龙舟击水忆真情。
灵均高古今犹在，华夏多年气节宏。
端午感怀拎笔道，未然期许共长征。

七律·快乐七夕

银汉迢迢心且向，馥芬环绕喜筵间。
清风拂盏三杯过，佳话成章一步还。
主客莫分情意笃，菜肴揖让笑声攀。
金秋只道人优雅，万事呈祥自有闲。

诗·朗·诵

七绝·荷韵

氤氲瑞气愧灵颜，浓淡相宜禅意间。
守拙清心修远静，卷舒开合只为闲。

七绝·雨水

不待寒烟柳焕新，氤氲漫贯惠乡亲。
春风化雨三千滴，万木萌芽生绿津。

七律·夏花

荼蘼尘寰无尽馥，饶娇动态正当时。
光阴过逝心悠阔，情愫留存梦适宜。
绿叶从旁曙晖漫，霞觞匡佐夕霏弥。
兴冲一季当长念，别问今天我是谁。

七绝·暑日寄雨

燕京逢暑连珠礼，华盖携虹云次陛。
踏浪不知深几何，车行此处如撑欚。

七绝·水生红薯记

如石深闺染自尘，瓮中醉梦暗凭伸。
寒风一夜吹醒酒，数叶葱茏绿若春。

七绝·咏楸

淡淡花开着紫装，几经风雨沐春阳。
天恩施与无穷尽，茂叶繁枝荫一方。

七绝 · 绿荷

绿盖如舟悠水面，青莲出蕾诗情现。

蓝天碧水蕴无穷，一叶一花皆是缘。

恋情深 · 夏之歌

拂晓风轻花浪漫，绿丛红艳。

芙蕖照旧倚蒲团，叶田田。

小舟停靠老桥前，仗橹问攸关。

樾荫下、伊人影，两携间。

淡淡等開著素裝幾

經風雨沐春陽天恩

施與無窮盡茂葉繁

枝蔭一方

新榮七絕咏榆　壬寅秋銅禾□書

秋风气和

秋情

浅秋

一定放慢脚步

观　蓝天白云的追逐

望　层林尽染的画幅

顾　原野丰收的忙碌

再坐下来静静倾听

花草树木从春到夏

从开花到结果

再到饱满成熟的一路倾诉

这一切

仿佛人到中年

一路经风沐雨

力量增强　涵养风骨

如今

彰显的

是淡定　从容

秋色

轻轻地分开激烈的缠绵
一丝不挂地奔向原野山峦
万种风情的佳人
扭动着丰乳肥臀
笨重地向午夜的产房行进

守望着金色麦浪
羞涩的姑娘
等待着
谁拉开多情的帷帐
解开衣裳
与你诉说衷肠

秋恋

你悄悄地走来
不想吵醒沉睡的身躯
那纤细的身体
轻轻地抚摸每一寸土地

看得出来
你是多么的不舍和难离
这样的情愫
是琴与弦 墨与笔 乐与曲的情寄

无数次的折返
留下了深情的足迹
更是爱的至极

秋约

约会的地点 依然是颐和园
调皮的太阳又一次给了我们自由发挥的空间
它把大地绘成一幅水墨青丹
为我们增添了几分浪漫
也让我们静静地享受
这 独处的有限时间

坐在昆明湖的南岸
几束柳丝仿佛琴弦
弹奏着秋天的绚烂
粼粼的湖水上 不时有野鸭飞跃表演
缓解了我们偶尔尴尬的场面
隐约可见的佛香阁飘来袅袅的香烟
那是虔诚的人们祈福平安
十七孔桥犹如天边的那道虹
护佑你我幸福永远

今天的相见

诗·朗·诵

没有蜜语千言

只有拥抱缱绻

秋风

秋的美丽
在于它是收获季
更是五彩缤纷的画笔

这
美丽的背后
心酸的
是别离
当凉风细数每一片叶子
太阳
也将远去
调色板上
悄悄地留下一片清寂

我多想
抱住太阳的脚
让它继续亲吻大地
抚摸身体
留住这一季的绚丽

秋雨

早上　你愤怒地大发雷霆
是因为昨晚没见到月亮和星星
这大可不必
信息时代　数字化经济
他们每天打满鸡血地前行
偶尔也需要放松

是秋的缤纷
向他们发出了诚挚邀请
欣赏一下大地丰收的喜庆
考察教育双减　乡村振兴
看看花朵似火　稻浪流香
和谐社会的美好场景

这样的秋季
难道不需要共情共鸣

秋韵

秋天的心情
像一双有梦的翅膀
让愉悦的心情自由翱翔
天高云淡风轻
我在广阔的天空中
没有了彷徨

努力奔跑
一路向前
沿着风的方向

秋殇

深夜　你又伤心地大声哭泣
是啊　人世间有太多无奈
就像一行行凄美的诗句
在黑与白的领悟里觊觎

不要再为别离忧伤了
收拾好行装吧
带着春的美好　夏的炽热
把自己奉送给时光
记住　别离是归期的开启

捻着温暖的臆想
迎着赤裸裸的殇
带好衣裳
任寒凉在秋风里荡漾
让时光在缝隙里
展开
绽放

秋思

轻轻的你挥一挥手

斑斓的大地陷入一片哀愁

火红的枫叶

像吸干了血

苍白得无力道别

花儿们泪眼婆娑

连线月空中的嫦娥

帮忙寻找你的下落

一行大雁

向着太阳升起的地方

努力飞翔

把整片天空折叠成诗行

安放在精神粮仓

秋华

送走夏日的最后一缕骄阳

收拾行装

奔向郊外的打谷场

清新的空气弥漫着果香

攥一把　瞬间在手中凝结成霜

熏得小草东摇西晃

起伏的稻浪相互搀扶着

诉说着一世衷肠

慢慢地挪步远方

树上的果实看着它们甜蜜的模样

相互私语　羞涩已浮上脸庞

远行的燕子开始起航

贴心的朋友送来了谷粮

站成一排的枫树鼓红了手掌

一半祝福　一半力量

萤火虫站在每一条路的出口

为他们导引方向

这一季的繁华
终将成蜜
走入心房

中秋

中秋　长满乡愁

离家的人们早早打点行装

闻着家乡的味道

顺着父母牵念的目光

奔向浓缩成一枚月饼的时光

今天的月空不再清寂

有长征送福　天舟安抚

有吴刚酿酒　嫦娥献舞

有谷香弥漫　家人温暖

更有掌声和笑声相伴

看　它高兴得

一会儿趴在墙头

一会儿挂在树梢

一会儿又钻入菊园

醉得忘了

诗·朗·诵

回家的
方向

一幅杰作

秋风

挥动有力臂膀

手握画笔

泼墨大地

每一个角落

留下

炫丽的足迹

一笔勾勒

漫山红遍层林尽染

横竖起笔

落叶飞舞　众花分离

大地穿上五彩衣

撇捺涂抹

揭开繁星点缀

如云般面纱

四点底

是秋雨奔跑的小脚丫

这温暖美丽的景色
秋阳呆呆的画面
难以割舍不忍放下
这大自然的杰作
要好好装裱
永远
留住它

八月的歌唱

八月
注定了不平凡
黎明从夜梦中苏醒
被一只鸟带到了时间之上
惊动了一片森林

一只眼睛 偷窥
召集云朵 涂黑
遮住所有

绿色的影子
一次次跃起
撑起东方的太阳
红色的光芒
褪去了黑色的遮挡
开始了新辉煌

一片片树叶

诗·朗·通

张开手臂

为树上的蝉鼓掌

赞美它们的歌喉

响亮

夏之恋

秋雨又一次抚摸大地
灼伤的心灵感受慰藉
夏天的脚步渐渐远去
五彩的斑斓也将别离

我想留住你
美丽的夏天
任时光交替斗转星移
你从不曾走远
从未别离

我看见
硕果中高挂着你的功绩
丰收中饱含着你的情义
我闻见
空气中弥漫着你的气息
无处不是你

诗·朗·诵

花草中浸润着是你

馨怡于心底的是你

我们永远不会忘记

那悠长的回忆

那至爱的你

梦想在这里起航

多日的期待成就梦想

文学加朗诵

一步开始两个起航

扬起的风帆

开始接受青春的绽放

体力与岁月的竞争

谁又能占得上风

坚硬的桅杆撑起精神脊梁

招展的风帆

不再惧怕海洋的波澜

躺在鲜花盛开的甲板上

汲取着花香的营养

载我在乾坤梦里

直抵

灵魂乐园

月

今晚的月色

很美

从一个地方陪我到另一个地方

默默守候

虽然 我不知道你在哪里

但 彼此相惜

形影不离

别

魔都　已有了浅秋的味道

秋水长天下　暖意中透着微凉

隐隐绰绰的给人无限遐想

芬芳的蒹葭　带着几许忧伤

摇摇晃晃地写满诗行

一声汽笛

挥手来时的方向

氤氲的香茗

在魔都和帝都中徜徉

不知醉了谁的心房

诗·朗·诵

痴心

爱 太真
情 太浓

一片痴心画不成

爱情
是易安遇见明诚
还是雾缱绻霾

感情的事
只有
风

明
白

七绝·和《秋韵》

竖箫横笛诵金秋，潋滟湖光似玉流。
闲道诗书何处好，腹中修得棹兰舟。

七律·玉泉秋色

铅华洗尽御庭旁，稻浪滔滔忆往长。
石坊静怡凭赞叹，长河孤鹜任徜徉。
落花飞起铺田地，莲叶挈携撩月塘。
红蓼逢霜凝色重，秋风一夜惹藤黄。

诗·朗·诵

七律·立秋吟

又是立秋重锦道，化风①通透放松时。

约茶悠品休闲日，理鬓雅谈温婉词。

浓淡两分相对看，纵横一树莫言随。

溯源当饮西湖水，无负嘉华敢作为。

注：①化风，即化育万物之风。

七绝·月下独步

草木萧萧落叶黄，秋风习习野藤凉。

月儿星伴无须盏，漫步诗中兀自狂。

七绝·中秋留吟

百花三季换秋装，绿瘦红稀菊蕊香。
佳节团圆无限好，一轮明月甚情长。

七绝·秋思

秋雨秋风秋夜长，月明月暗月孤凉。
钩沉往事如潜梦，拾忆寄思犹渺茫。

七绝·秋菊

竹径不曾游客扫，菊丛但有蝶归来。
雁风轻拂弥霏处，寒彻奈何花露台。

七绝·秋蝶

长日艳阳无处歇，飔来聊寄菊花丛。
衔香一缕思佳节，期待归来别是空。

七绝·西山秋色

万里长城今又是，西山胜景锁秋池。
层林尽染霞光照，但有风情谢幕知。

七律·西山枫叶

山野霭如秋不去，层林正染味无穷。
和曦触抚饶娇绿，啾雀邀留淑雅红。
时节适宜游客爽，英姿契合丽人崇。
陌间冬已花依旧，遥向蓝天倚璨中。

七绝·秋哲

故园秋色梦牵魂，陌角晓声推户门。
四季一轮花几度，经年学哲不重温。

七绝·飞鸿潋滟

云蒸霞蔚水光满，百态千姿鸿雁散。
琴瑟和谐羡煞人，怡然画面最心煖。

诗·朗·诵

浣溪沙·松舞春华

雨霁霞飞意竞隆，
山青竹翠魅无穷。
夕阳如火映彤彤。
润泽修为阳气烁，
滋贤养德五湖躬。
谦和赢得万千崇。

金莲绕凤楼·颐和园之秋

菰蒲飞花腾黄道，秋已是、游园知晓。
习风吹过芙蓉好，佛香燃、阁中祈祷。
清湖缓流浅表，波荡漾、游船去了。
桂香陶醉归来鸟，蓝天霞、远撩青草。

故園秋色夢牽魂陌

角曉聲推戶門四季

一輪花幾度經年學

哲不重溫

新篁七絕秋哲
壬寅秋釗年書

八

冬日暖阳

春夏
秋冬
壬寅莉月
売振貳

圣洁之歌

子夜的月亮静静地给星星

讲那安徒生的童话

无意中 你被感动得稀里哗啦

那圣洁的心灵啊

犹如火山爆发

敞开心扉 了却对大地的牵挂

一路上 你用圣洁的礼遇

拥抱华夏

亲吻京都的红墙碧瓦

用身体将树木涂鸦

只为双奥之城添花

你到无极采集银纱

缝绣出玉龙手帕

赠予奥运之家

你捧出陆羽的茗茶

款待世界健儿来华

微风吹过 你飘飘洒洒

一片片如亲人的信札

写满了给奥运健儿的心里话

告诉他们

加油 别怕

这里有华夏儿女

护航保驾

春雪寄怀

昨天 你没有爽约
那么的准时
如期而至
以至于我还没来得及
想好怎么迎接

美丽的雪啊
真的是你吗
晶莹璀璨圣洁
潇洒婀娜诱惑
一袭白纱走来
醉心的美

轻轻拥你入怀
捧你于掌心
你含羞欲滴
如眼角的清泪
是爱是暖

还是历尽千辛之后的欣喜

我曾穿过寒风找寻你
透过夜色彻夜难眠思念你
站在你我相约的路口等待你
漫长的路啊
情做拐杖　心做舟楫
只为与你深情地相遇

我伤心你的冷漠
绝望你的无情
慨叹自己的孤独无助
唯有闭上眼
任风雨漂泊

今天　你不期然的转身
将我银装素裹　温暖相依
不知是为了驱赶我的寂寞
还是赴那场春天的相约
对于我　你无论如何
只要看到你
我终依旧
捧你在手　藏你在心

初雪

在这里
与你不期而遇
是缘分
更是情谊

风雨缱绻
彼此间没有距离
品茗直叙
述说着往日的期许
坐在故宫的门前
伴着优美的乐曲
举杯对饮
丝滑的感觉潜入心底
回眸寻找
已成为子夜的棉絮

一辈子的幸福
墙里欣赏墙外许

等你

约好了
老地方 我们如约而至
牵手的时刻
你用曼妙的舞姿迎接 拥抱 亲吻我每一个
地方
一季的别离
六瓣的凄婉
刹那间 在寒风中梦想成真

我用笔墨留下这份清香
任记忆在指尖流淌
把流年的风霜书成洁白的念想
虽然 我们不能走到白发苍苍
但我会静静地守候在
相约的地方
等你
一起吟唱床前明月光
一起回忆彼此想念的忧伤

诗·朗·诵

时间不会散场

你我初心不忘

约好了

老地方

终于等到你

悄悄的

你略带羞涩地走来

没有声音 没有话语

你用一个冬天的积蓄

一点点蹒跚踱步

只为留下这最后的一幕

片片飞舞

是一路汗水的辛苦

是风餐露宿的付出

终于等到你

路灯闪烁为你前行引路

迎春花为你加油祝福

寒风中矗立

只为等你与你相拥

伸开双臂

舒展倦容与你缱绻欢语

走过一冬

终于等到你

诗·朗·诵

生命的守护

你们是圣洁的使者
用真情温暖着人间的风霜
你们是希望的象征
用汗水助力着生命的顽强
你们是坚韧的战士
用拼搏诠释着大爱的无疆
你们是生命的暖阳
用爱心孕育着神奇的力量

纯洁的白大褂
是朴实光辉的形象
蓝色的手术装
是生命不息的希望
粉色的护士服
是亲如家人的温暖
不论哪种色彩
都是最耀眼的靓装

你们用温柔的话语
减轻病痛的折磨
你们用耐心的呵护
践行南丁格尔的承诺
你们用真情的守候
重燃患者生命的执着

诚信是你们的根本
勤奋是你们的作风
严谨是你们的态度
精湛是你们的技能

匆匆的脚步
伴随你们忙碌的身影
甜甜的微笑
绽放你们满腔的热火
你们是朋友
危难之际大爱伸援手
你们是亲人
生命垂危合力驱死神

你们的品格
出淤泥而不染
你们的精神

处处光芒四射

你们的工作

平凡而伟大

你们的使命

任重而道远

今天　你们的名字再一次被唱响

你们的事迹被一遍遍传播

你们用青春与汗水

筑就了绿色健康堡垒

你们用热血和奉献

谱写着中国卫生事业的壮丽凯歌

你们的故事

是社会正能量的楷模

你们的精神

是新时代主旋律的响彻

骄傲吧　白衣战士

自豪吧　健康卫士

今天　你们不忘初心

站在新的起点　劈波斩浪　扬帆远航

明天　你们牢记使命

为了人民的美好生活
为了中华民族伟大复兴的中国梦
奋力拼搏

等你

无论何时
我都在这里
等你
不管刮风
还是下雨

曾几何时
梦里遇见你
不用话语
因为懂你

为了想你
红尘陌上
留下我踱步的
足迹

因为想你
花开花落

带走的是美好
回忆

因为想你
云卷云舒
深藏着
欲语还休的
泪滴

为了相见的
美丽
为了深深的
情谊
我在这里等你

等你
一起回忆
不离不弃

想你

想你
是雨中洒落的泪滴
想你
是空中飞舞的叶子
想你
是天边悬挂的彩虹
想你
是海中荡漾的白帆
想你
是黑夜眨眼的星星
想你
是春天吐露的芬芳
想你
是夏天丝丝的凉风
想你
是秋天收获的果实
想你
是冬天飘落的雪花

想你

是夜晚引路的明灯

想你

是形影不离的影子

想你

每时每刻

想你

在我心里

不让我的心想你

我不敢让我的心想你
怕我的心过于欢愉
我不敢让我的心想你
怕我的心失去美丽
我不能把我的生命给你
因为这是彼此的距离

我站在你身后的位置
默默地看着你
你却看不见我

我跟在你身后的影子里
形影不离陪伴你
这是梦与醒的距离
是酒与酒的距离
是心境与心境的距离

好吧

我约了你的来生

现在

开始采蜜

我多想留住你的笑脸

拉开帷幔

没有你的笑脸

遥望远方

思念填满心房

我该怎么遗忘

与你的缘分

是诗与酒 睡与醒的伤

是思与念 黑与白的长

伴着时光流淌

一次次的思念褪去了冬凉

换来的是春风荡漾

每一秒 都过得那么慢

可一天 却转瞬即逝

念你太久

却只能

心藏

诗·朗·诵

我想撕碎黑色的夜空

黑色的夜空
蒙住了我的眼睛
不知为什么
我什么都看不到
无法看到光明

是你吗
让我如此痛苦
带走我的幸福
多想把你撕碎　撕得粉碎
吃到嘴里消化在胃里
深埋在土地里

我好难受
难受得无法呼吸
我要把你撕碎　撕得粉碎
重见那双日思夜想的明眸

我想知道你为什么遮住他
让他看不到我的感受
我要把自己变成一束光
穿透夜空钻进他的心房
凝聚血液化成力量
充盈每一个细胞
分散到他的神经末梢
掌控他的大脑
守候在我身旁

我想掏出我的心脏
一半变成火热的太阳
让寒冷的冬天温暖柔软
让西伯利亚的冷风屋里缱绻
让不和谐的音符化成幸福
让世界不再有苦难
一切都回归自然
一半作为礼物送出
让他珍藏
伴他走向辉煌的每一步

我在远方
为他鼓掌
跳舞

七律·阡陌峥嵘

玉龙三月入宫门，画戟方天未见痕。
误把飞花当舞蝶，疑将细柳作摇藩。
高天滚滚风雷起，大地隆隆锣鼓喧。
春野朝华何处觅，文坛卓著实销魂。

七绝·冬梅

瘦枝横出意萦空，肥朵无言已绽中。
雪落京畿花馥郁，长阡几度白和红。

七绝·雪花（顶针）

莺歌拂晓御街行，行客租车欲出城。

城外杨花白如雪，雪铺绿野惹黄莺。

七绝·雪境

恰逢谷日①玉琼来，疑是梨花万树开。

祥瑞丰年春信至，扬鞭策马筑高台。

注：①正月初八俗称"谷日"，即谷子的生日。

跋文

鸾凤起舞而目彤

彩练飘扬而欣荣

时维九月，岁序壬寅，江天万里锦绣；群贤毕至，盛会兴隆，华夏亿众欢腾。鸾凤起舞而日彤，彩练飘扬而欣荣。上下举国同庆，笔墨付梓以颂。

《点燃》之作，积五年跬步。回首登程时，一路蹀躞悟。会员同袍，风雨共渡。领导关怀，高山有护。几回曾梦断冗务，有感于师友相助。从小草幻化成树，今骚坛忝列一足。然人之有德于我，不可忘也。引梅兰竹菊，结九州高谊。

五载春秋，品味孤独，耽诗词书画。心驰高雅，家国情怀，纳天地精华。求学若渴，庶无怠惰，故努力惟之。效古人承前事："立大事者，不惟有超世之才，亦必有坚韧不拔之志。"鲲鹏扶摇，抟万里雄心；松柏长青，经多艰岁寒。吾自少时好诗，不惑之年进学。坚守初心，援笔不辍。踔厉奋发，立志功成。然愧太白之豪情，惭少陵之物与，羡香山之陶然，仰东坡之超逸。学古人之旧锥，作浮世之新绘。虽篇无余味，但惟出心志。追圣人之情怀，竭平生之心力。

彩舟云淡，星河鹭起。先贤引领，诗友同行。高山仰止，景行行止。木铎之心，素履之往。感恩领导，感谢师友。春兰秋菊，各擅其时。夙兴夜寐，靡有朝矣。纵有万千苦辣，终因有您相伴。平生怀感激，人生好知己。拜谢领导及家人，感谢文友张铜彦、阎雪君、程峰、范振斌、云舒、李明珠、毛国玲、高寒、姜涛等关爱至极。

始于梦想，基于创新；追求匠心，精于品质。佐以音频，便于听众。恩谢诵读好友：著名主持人卢成（第一章），国家一级演员侯勇和上海著名主持人、朗诵专家朱彦婷、朱玲玲、何晓、陈晓晨、温耀龙（第二章），著名主持人李杰（第三章），电视台杰出主编高磊（第四章），著名主播思墨（第五章），优秀主持人李玲、秦溯（第六章），教育电视台著名主持人马广超（第七章），王新荣（第八章）。诸君援手，拙作增辉。

2022 年 10 月 16 日